Wald der Freundschaft

Daisy Meadows

Die magischen Tierfreunde
Lea Lämmchen und der Freundschaftszauber

Alle Titel von **Die magischen Tierfreunde**:

Band 1: Hasi Hoppel wird vermisst
Band 2: Rettung für Mia Mauseohr
Band 3: Fibi Federchen ganz allein
Band 4: Susi Samtpfote geht verloren
Band 5: Pia Puschel und der geheime Zauber
Band 6: Die furchtlose Penelope Piks
Band 7: Finja Fuchs und die Magie der Sterne
Band 8: Mara Meerschweinchen hilft den Waldtieren
Band 9: Henni Hamster und der Verwechslungszauber
Band 10: Winnie Welpe hat ein glitzerndes Geheimnis
Band 11: Emma Eule und der Zauberbaum
Band 12: Mila Miau und der Glitzerstein
Band 13: Lea Lämmchen und der Freundschaftszauber
Band 14: Fritzi Ferkel und der verlorene Edelstein

Sonderband: Pippa Pony rettet die Einhörner
Sonderband: Paula Pfötchen und das Weihnachtswunder

Daisy Meadows

Die magischen Tierfreunde

Lea Lämmchen und der Freundschaftszauber

Aus dem Englischen übersetzt
von Sandra Margineanu

Loewe

Mit besonderem Dank an Valerie Wilding

Für Maggie Rose

FSC
www.fsc.org
MIX
Papier aus verantwortungsvollen Quellen
FSC® C014496

ISBN 978-3-7432-0561-1
1. Auflage 2020
erschienen unter dem Originaltitel *Grace Wollyhop's Musical Mystery*

Erschienen in der Originalserie *Magic Animal Friends*.

Aus dem Englischen übersetzt von Sandra Margineanu
Umschlaggestaltung: Ramona Karl
Printed in the EU

www.loewe-verlag.de

Inhalt

Ein Geheimnis bewahren,
das wirst du bald!
Denn ich erzähle dir
vom verzauberten Wald.
Er liegt hinter der Tür im Eichenbaum.
Folge mir dorthin wie in einen Traum!
Unendliche Abenteuer
werden uns verbinden
und magische Tierfreunde
wirst du dort finden!

Alles Liebe

Goldi, die Katze

Der gestohlene Schal

Am Samstagmorgen saß Jessi Forester gemütlich am Tisch in ihrer Küche. Die Sonne schien. Zusammen mit ihrer besten Freundin, Lili Hart, nähte sie bunte quadratische Wollstücke aneinander, die sie zuvor gestrickt hatten.

„Nur noch ein paar Nadelstiche und die Decke ist fertig", sagte Jessi.

Herr Forester kam mit einem Eimer voller Äpfel in die Küche. „Wie läuft es mit dem Stricken und Nähen?“, fragte er und schlüpfte aus seinen Gummistiefeln.

Lili und Jessi hielten ihr Werk stolz hoch.

„Das sieht fantastisch aus. So toll würde ich es niemals hinbekommen“, sagte Herr Forester.

„Die Decke ist für ein Fohlen mit einer schlimmen Erkältung“, erklärte Lili. „Es ist ein Patient von uns.“

Lili wohnte auf der anderen Straßenseite. Aber ihr Zuhause war kein normales Zuhause, denn ihre Eltern hatten in der Scheune im Garten die Tierklinik *Helfende Pfote* eingerichtet. Beide Mädchen liebten Tiere über alles und kümmerten sich um die kranken Tiere dort, sooft sie konnten.

„Fertig!“, verkündete Jessi und schnitt den letzten Faden ab. „Wir bringen sie gleich rüber in die Klinik. Bis später, Papa!“

Die Mädchen liefen in den Garten der Harts. Obwohl es sonnig war, war die Luft etwas kühl. Blätter trudelten von den Bäumen. Im Sonnenschein schimmerten sie in den wunderschönsten Herbstfarben.

Jessi und Lili gingen lächelnd an den Außengehegen vorbei. Die Kaninchen knabberten an knackigen Salatblättern, die Eichhörnchen schliefen und das Fuchskind mit dem bandagierten Bein sah sie neugierig an.

„Jetzt ist ihnen draußen noch warm genug“, meinte Lili. „Aber bald wird es kälter. Wir machen besser noch mehr kuschelige Decken.“

Bevor sie zur Koppel kamen, hörten sie ein komisches Geräusch.

Tschuff!

Jessi sah Lili verwundert an. „Was war das denn?“, fragte sie.

Das braune Gesicht eines Fohlens blinzelte ihnen vom Holzunterstand zu. Das Fohlen kam zum Zaun getrottet und nieste. „Tschuff!“

„Ach, du Armes“, sagte Lili und streichelte ihm über die Stirn.

Das Fohlen schüttelte seine lange braune Mähne. Dann streckte es seine Nase nach der Decke aus und schnupperte daran.

„Es mag die Decke“, freute sich Jessi.

Behutsam legten sie dem Fohlen die Decke auf den Rücken. Es wieherte leise.

„Es sagt Danke schön“, meinte Lili glucksend.

Da raschelte es in einem Blätterhaufen ganz in der Nähe. „Vielleicht ist es ein Igel“, sagte Jessi. „In solchen Blätterhaufen verstecken sie sich normalerweise sehr gern.“

Aber als sich die Blätter erneut bewegten, tauchten erst zwei spitze Ohren auf und dann trat eine wunderschöne Katze mit goldfarbenem Fell heraus.

„Goldi!“, rief Lili.

Die Katze schmiegte sich an ihre Beine und schnurrte glücklich.

Die Mädchen streichelten sie. Goldi war ihre ganz besondere magische Freundin. Sie hatte die Mädchen schon oft abgeholt und bei ihren Abenteuern im Wald der Freundschaft begleitet. In dieser zauberhaften Welt lebten die Tiere in kleinen niedlichen Häuschen und konnten sprechen.

Goldi lief zum Tor.

Jessis Augen glänzten. „Sie bringt uns wieder in den Wald der Freundschaft!"

Goldi führte sie zum Bach im hinteren Teil des Gartens. Die Mädchen und die Katze sprangen über die Trittsteine im Wasser und liefen dann über die große Wiese zu dem alten abgestorbenen Baum.

Das war der Baum der Freundschaft!

Kaum war Goldi bei ihm, erwachten die Äste zum Leben. Aus jedem Zweig sprossen neue Blätter. Zwei junge Eichhörnchen sausten den Stamm auf und ab und sammelten für ihren Wintervorrat braune Eicheln. Drei Rotkehlchen flatterten zwischen den Ästen umher und pickten an den dicken roten Beeren.

Goldi legte eine Pfote auf den Stamm.

Sofort wurden in die Rinde eingeritzte Worte sichtbar.

Die Mädchen nahmen sich an der Hand. Zitternd vor Aufregung lasen sie die Worte laut vor: „Wald der Freundschaft!“

Im Baumstamm erschien eine kleine Tür mit einem Türgriff, der wie ein Blatt geformt war. Sanft öffnete Jessi die Tür.

Schimmerndes Licht fiel heraus. Goldi trat als Erste hindurch.

Jessi und Lili lächelten sich an und folgten ihr in den goldenen Glanz. Ein Kribbeln erfasste sie. Das war das Zeichen dafür, dass sie ein kleines bisschen schrumpften.

Lili drückte Jessis Hand. „Es ist jedes Mal so aufregend!“, flüsterte sie.

Das Licht verblasste. Nun standen die Mädchen auf einer wunderschönen Lichtung. Sonnenstrahlen schienen durch die Äste und sprenkelten den Boden. Es war viel wärmer als zu Hause. Die Luft roch nach Zuckerwatte-Blumen und Kletterrosen.

Und da war Goldi, aufrecht stehend und lächelnd. Sie umarmten sich freudig. „Im Wald der Freundschaft kann ich endlich wieder mit euch sprechen“, sagte die Katze mit glänzenden grünen Augen.

Jessi sah sie verwundert an. „Wo ist dein schöner goldener Schal, Goldi?“, fragte sie. „Du trägst ihn doch sonst immer.“

Goldi machte ein ernstes Gesicht. „Jemand

hat ihn mir gestohlen und damit Schleim auf die Fenster des Fliegenpilz Cafés geschmiert“, erzählte sie. „Ich habe ihn auf der Tupfenwiese wiedergefunden, aber er ist völlig ruiniert.“

Lili war schockiert. „Wer macht denn so etwas?“, fragte sie.

„Hopser, die Kröte“, antwortete Goldi.

Hopser war eine von Griseldas Helfern. Griselda, die böse Hexe, sorgte ständig für Ärger im Wald. Sie hatte Hopser und die anderen Tiere im Hexental gefunden, das einst ein wunderschöner Garten mit Teichen, Bächen und Blumen gewesen war. Doch dann hatten

Hopser und ihre Freunde ihn zerstört. Griselda hatte den vier Tieren Zaubersprüche gegeben, mit denen sie die anderen Waldbewohner in unordentliche, freche Tiere verwandeln konnten – so wie sie selbst welche waren. Gemeinsam sollten sie dann den Wald gründlich verschmutzen, genauso wie sie es auch mit dem schönen Garten gemacht hatten. Die lieben Waldtiere würden dann vor alldem dreckigen Chaos fliehen und Griselda hätte den Wald der Freundschaft endlich für sich allein, so wie sie es schon lange plante.

Lili und Jessi hatten ihren Freunden bereits geholfen, die Zaubersprüche von Pieps, der Fledermaus, und Wusel,

der Ratte, rückgängig zu machen, aber Hopser hatte ihren Spruch noch nicht benutzt.

„Nachher gibt es auf der Harmoniebühne ein Konzert“, erzählte Goldi. „Ich habe Angst, dass Hopser versucht, es zu verhindern.“

Jessi nickte. „Ich weiß noch, dass Griselda gesagt hat, dass Hopser das schlimmste Schmuddeltier von allen ist.“

„Du hast recht“, stimmte Lili ihr zu. „Wir müssen Hopser finden, bevor sie den Zauberspruch benutzt. Sonst ist der Wald der Freundschaft in großer Gefahr.“

Die Wollscheune

Jessi wandte sich an Goldi. „Wo hast du Hopser denn zuletzt gesehen?“, fragte sie.

„Dort, wo ich meinen Schal gekauft habe“, antwortete Goldi. „In der Wollscheune.“

„Wollscheune?“, wiederholte Lili mit glänzenden Augen. „Wo ist die denn?“

„Ich zeige es euch“, sagte Goldi. „Vielleicht ist

diese schreckliche Kröte ja noch in der Nähe."

„Wir können dir dann auch gleich einen neuen Schal besorgen, wenn wir dort sind", schlug Jessi vor.

Die Mädchen liefen mit Goldi durch den Wald bis zu einer Wiese, die mit Gänseblümchen und Butterblumen getupft war. In der Mitte stand eine grün gestrichene Scheune mit einem gelben Schild über der Tür.

„Die Wollscheune", las Jessi. „Der Laden für alles aus Wolle!"

Sie öffneten die Tür und sahen hinein.

Auf den Regalen stapelten sich bunt gefärbte Wollknäuel. Bunte Schals, Mützen und Pullover hingen auf Bügeln. Auf dem Tresen stand ein Korb mit der Aufschrift: *Kuschelsocken für Mäuse, Hamster und Katzenbabys.*

Zwei Schafe standen neben einem Webstuhl, auf dem gerade eine rosa Decke entstand.

Aus einer Ecke hüpften zwei Lämmchen herbei und brachten den Großen hübsche himbeerrote Wolle.

„Hallo!“, grüßte das kleinere Lamm, als es Goldi und die Mädchen sah.

Das andere Lamm und die zwei Schafe blickten lächelnd auf.

„Willkommen in unserer Scheune“, begrüßte sie das größte Schaf. „Ich bin Herr Lämmchen.“

Die beiden Kleinen hüpften zu Lili und Jessi.

„Ich bin Lea Lämmchen“, sagte das kleinere. „Das ist mein großer Bruder Lars und das sind Mama und Papa.“

Jessi grinste. „Das ist Lili und ich bin Jessi.“

Frau Lämmchen kam zu ihnen herüber. „Können wir euch helfen?“, fragte sie.

„Ja, hoffentlich“, erwiderte Lili. Sie erzählte schnell von den Tieren aus dem Hexental. „Habt ihr Hopser, die Kröte, in der Nähe gesehen? Vor einer Weile war sie noch hier.“

Alle Mitglieder der Familie Lämmchen schüttelten die Köpfe.

„Wir haben Hopser nicht gesehen, aber wir halten Ausschau nach ihr“, versprach Herr Lämmchen.

„Bitte lasst sie nicht in die Scheune“, warnte

Jessi. „Hopser ist furchtbar schleimig und würde eure schöne Wolle nur schmutzig machen.“

„Die Kröte hat Goldis Schal gestohlen und ruiniert“, fügte Lili hinzu. „Dürfen wir einen neuen für sie aussuchen?“

Lea hüpfte auf und ab. Ihr weiches Schwänzchen wedelte hin und her. „Wir können auf unserem magischen Webstuhl einen neuen für sie machen!“, rief sie.

„Magisch?“, fragte Jessi.

„Herr Federschlau hat ihn erfunden“, erklärte Herr Lämmchen. „Der Webstuhl ist sehr schnell. Wir weben gerade Decken für das heutige Konzert, damit es alle warm und gemütlich haben, während sie der Aufführung lauschen.“

Lea zeigte den Mädchen die Webmaschine. Es war ein Holzgestell, in das Seile gespannt waren, ähnlich wie bei einer Harfe. Auf der Rückseite befanden sich ein silbernes Rohr und ein Trichter, vorne war noch ein großes Tablett angebracht.

„Welche Farbe soll der Schal denn haben?“, fragte Lea.

„Glänzend Gold, bitte“, sagte Goldi. „So wie mein alter.“

Lars steckte golden glitzernde Wollknäuel in

den Trichter. Dann sprach er in das silberne Rohr: „Schal!“

Mit einem *Klick!* und einem *Klack!* und leisem *Swusch, swusch, swusch!* begann der Webstuhl zu arbeiten. Er bewegte sich so schnell, dass Lili und Jessi kaum erkennen konnten, was passierte. Dann kam auch schon ein goldenes Stoffband vorne heraus. Es wurde länger und länger und mit einem letzten *Swusch!* fiel der fertige Schal auf das Tablett.

„Wahnsinn!“, staunte Jessi.

„Das ist wirklich magisch!“, sagte Lili.

Lea legte Goldi den Schal um die Schultern.

Die Mädchen bewunderten ihn, als Lars

plötzlich zusammenzuckte. „Igitt! Was ist das für ein Mief!“

Schmutzig gelbe Funken flogen um den Webstuhl. Und sie stanken!

Jessi sah Goldi und Lili erschrocken an. Sie wussten, dass Griselda stinkende Funken hexte. *Klick, klack, swusch, swusch, swusch!* machte der Webstuhl.

„Das ist ja komisch“, wunderte sich Lars. „Er arbeitet ganz ohne Wolle.“

Alle betrachteten den magischen Webstuhl. Dann fiel ein rotes wolliges Etwas auf das Tablett.

Lili nahm es an sich. „Es ist eine Mütze.“

„Nicht irgendeine Mütze …“, sagte Goldi. „Sie sieht wie ein Hexenhut aus!“

„Oh nein!“, stöhnte Jessi. „Griselda ist hier

irgendwo.“ Noch während sie sprach, fiel ihr etwas Helles auf. „Seht doch!“

Ein gelbgrüner Lichtkreis schwebte in der Tür, dann explodierte er in einen Schauer aus stinkenden Funken.

Die Funken verschwanden und die Hexe mit ihren spitzen Stiefeln, dem violetten Kleid und der engen schwarzen Hose wurde sichtbar. Ihre grünen Haare zuckten um ihren Kopf wie die Greifarme eines Kraken.

Die Schafsfamilie drängte sich verschreckt hinter einem Ständer mit Wollpullovern zusammen. Lili, Jessi und Goldi blieben tapfer mitten

im Raum stehen.

„Was willst du, Griselda?“, fragte Jessi.

„Ha! Da sind sie ja wieder – die Katze und diese schrecklichen Gören!“, zischte die Hexe. „Diesmal könnt ihr meinen Plan nicht durchkreuzen. Der Wald der Freundschaft wird bald mir gehören!“

Hopsers Zauberspruch

Griselda schnappte sich den roten Hexenhut und setzte ihn auf ihren Kopf. Wie feuchtes Seegras lugten ihre Haare darunter hervor. „Ha, ha!“, gackerte sie. „Wenn dieser Laden erst mir gehört, werde ich mir jeden Tag neue Kleider weben!“

Frau Lämmchen stieß ein trauriges Blöken aus.

„Der Laden ist für alle Tiere, nicht nur für dich“, sagte sie.

Griselda lachte wieder. „Jetzt beginnt der Spaß“, krakeelte sie.

Sie drehte sich zu den Mädchen um und schnipste mit den Fingern. Eine nach vergammeltem Kohl stinkende Wolke erschien in der Luft.

Als sie sich auflöste, standen die vier Tiere aus dem Hexental vor ihnen: Wusel, die Ratte mit dem löchrigen Strohhut, Schnips, die Krähe mit der verschmierten Weste, und Pieps, die Fledermaus mit der zerrissenen Krawatte. Hopser, die Kröte mit der Perlenkette, watschelte auf die Mädchen zu. Sie zog eine Spur aus grünem Schleim hinter sich her.

Goldi drückte sich an Lili und Jessi.

Griselda verzog böse das Gesicht. „Ihr Mädchen

und die Katze habt verhindert, dass die Zaubersprüche meiner Helfer funktionieren konnten, aber Hopser werdet ihr nicht aufhalten.“ Sie wandte sich an die Kröte. „Los, sag deinen Spruch!“

Da rollte der Kröte ein Wollknäuel direkt vor die Füße. Lea streckte den Kopf hinter dem Ständer mit Pullovern hervor. „Upsi“, flüsterte sie.

„Versteck dich, Lea!“, rief Goldi.

Aber es war zu spät. Hopser hatte sie schon

entdeckt. Die Kröte sprang zu Lea, die vor Angst wie erstarrt war.

„Lea, lauf!“, rief Jessi.

Aber die Beine des Lämmchens zitterten zu sehr. „Mäh!“, blökte es.

Bevor sich jemand rühren konnte, schoss bereits Hopsers lange klebrige Zunge aus dem Krötenmaul. Violette Funken regneten auf Lea herab.

„Oh nein!“, rief Lili. „Hopser hat ihren Zauberspruch benutzt. Lea wird sich gleich wie die schreckliche Kröte verhalten.“

Die Funken erloschen. Einen Augenblick lang machte das niedliche Lämmchen ein verdutztes Gesicht. Dann grinste es und sprang auf einmal wie wild quer durch den ganzen Laden. Lea stieß alle Wollstapel um. Die Wolle purzelte durcheinander und wickelte sich ab. Auf dem Boden entstand ein riesiger Haufen aus verhedderten Wollfäden.

„Haa!“, blökte Lea.

Hopser lachte knarzig und Griselda kicherte boshaft.

Herr Lämmchen versuchte, Lea einzufangen, aber sie duckte sich unter den Webstuhl und kam auf der anderen Seite wieder heraus.

„Meine arme kleine Lea“, jammerte Frau Lämmchen. „Seht, was die grässliche Kröte ihr angetan hat!“

Die Tiere aus dem Hexental wuselten zur

Tür und Lea folgte ihnen. Die Mädchen versuchten, das Lämmchen zu greifen, aber Lea befreite sich zappelnd aus ihren Armen. Schon rannten die fünf zur Scheune hinaus.

„Los!“, kreischte Griselda. „Verwandelt den Wald in ein schleimiges Chaos!“ Sie schnipste mit den Fingern und verschwand.

Frau Lämmchen brach in Tränen aus.

„Paa!“, blökte Lars. „Hol Lea zurück!“

Herr Lämmchen schüttelte den Kopf. „Ich weiß nicht, wie ich das machen soll“, sagte er. „Sie steht unter einem bösen Fluch.“

„Keine Angst, wir kennen einen Gegenzauber“, sagte Jessi. „Damit können wir Hopsers Spruch aufheben und Lea wieder zurückverwandeln.“

„Wir haben ihn schon benutzt, um Henni Hamster und Winnie Welpe zu helfen“, erzählte Lili.

„Hoffentlich wirkt er auch bei Lea," sagte Jessi. Sie zog ihren kleinen Zeichenblock aus der Tasche und las den Zauberspruch vor:

„Du willst wieder du sein?
Dann musst du dies hier tun:
Sammle all die Dinge ein,
Welche dir die liebsten sind.
Was machst du besonders gerne?
Was ist dein Lieblingsessen?
Und was dein größtes Geheimnis?
Dann kommt ein kleiner Test:
Bringe die Dinge an deinen Lieblingsplatz,
Den Ort, wo du am liebsten bist.
Benennt nun jemand die Dinge laut,
Wirst du wieder du sein."

„Was bedeutet das?“, fragte Lars.

„Wir brauchen Leas Lieblingsessen“, erklärte Lili. „Und wir müssen ihr liebstes Hobby herausfinden. Außerdem ihr größtes Geheimnis. Diese drei Dinge oder etwas Stellvertretendes dafür müssen wir dann zu ihrem Lieblingsort bringen und dort den Zauberspruch aufsagen, damit Hopsers böser Fluch sich auflöst.“

Jessi steckte ihren Block wieder ein. „Was isst Lea am liebsten?“

Die Schafe sahen sich an und schüttelten die Köpfe.

„Sie hat jede Woche ein neues Lieblingsessen“, erklärte Frau Lämmchen. „Letzte Woche waren es Klee-Muffins und die Woche davor Butterblumen-Plätzchen. Diese Woche kann es alles Mögliche sein.“

„Genauso wenig weiß ich, was ihr größtes Geheimnis ist“, sagte Herr Lämmchen traurig.

Da stieß Lars einen Schrei aus. „Aber wir wissen, was ihr liebstes Hobby ist! Sie liebt Tamburin spielen. Sie ist schon ganz aufgeregt, weil sie nachher bei dem Konzert spielen soll.“ Er machte ein betrübtes Gesicht. „Also jedenfalls war sie das vorhin noch.“

Lili umarmte ihn. „Wir sorgen dafür, dass sie mitmachen kann“, tröstete sie ihn. „Wir brauchen für den Zauberspruch nur Leas Tamburin.“

„Sie hat es bei ihrer Musiklehrerin gelassen“,

sagte Lars. „Das ist Nala Nachtlied, die Nachtigall“, ergänzte er.

Goldis Gesicht leuchtete auf. „Ich weiß, wo sie wohnt“, sagte sie. „Los, kommt!“

„Viel Glück!“, wünschten die Schafe, als die Mädchen und Goldi aus der Scheune stürmten.

Sie rannten durch den Wald und sahen unterwegs eine schleimige Spur, die Hopser hinterlassen hatte. Himbeerfarbene Wollfäden klebten in dem schmutzigen Schleim.

„Was für eine Schweinerei“, sagte Lili verärgert.

„Beeilung!“, rief Jessi. „Wir müssen Hopser und Lea aufhalten, bevor der ganze Wald im Schleim erstickt!“

Der Honigbaum

Die Mädchen folgten Goldi durch den Wald, bis die Katze plötzlich mit gespitzten Ohren stehen blieb. „Hört ihr das?“

„Das klingt wunderschön“, sagte Jessi. „Ist das ein Klavier?“

Goldi lächelte. „Nein, das ist Nala Nachtlied. Sie singt.“

Sie gingen weiter, bis sie zu einer Birke kamen. Rund um den Baum wuchsen blühende Büsche, die nach Karamellbonbons dufteten.

„Da sind wir“, sagte Goldi und deutete zu einem kleinen Häuschen hoch, das zwischen die niedrigsten Äste der Birke gebaut war. Der Gesang der Nachtigall erklang aus den geöffneten Fenstern. Zarte Gardinen flatterten im leichten Wind.

Goldi zog an einem Seil, an dem eine Glocke befestigt war. Als die Glocke bimmelte, hörte der Gesang auf und Nala Nachtlied sah aus dem Haus.

„Goldi!“, zwitscherte sie. „Hallo, Jessi und Lili. Ich habe gerade mein Lied für das Konzert geübt.“

Die Mädchen erklärten ihr, was mit Lea

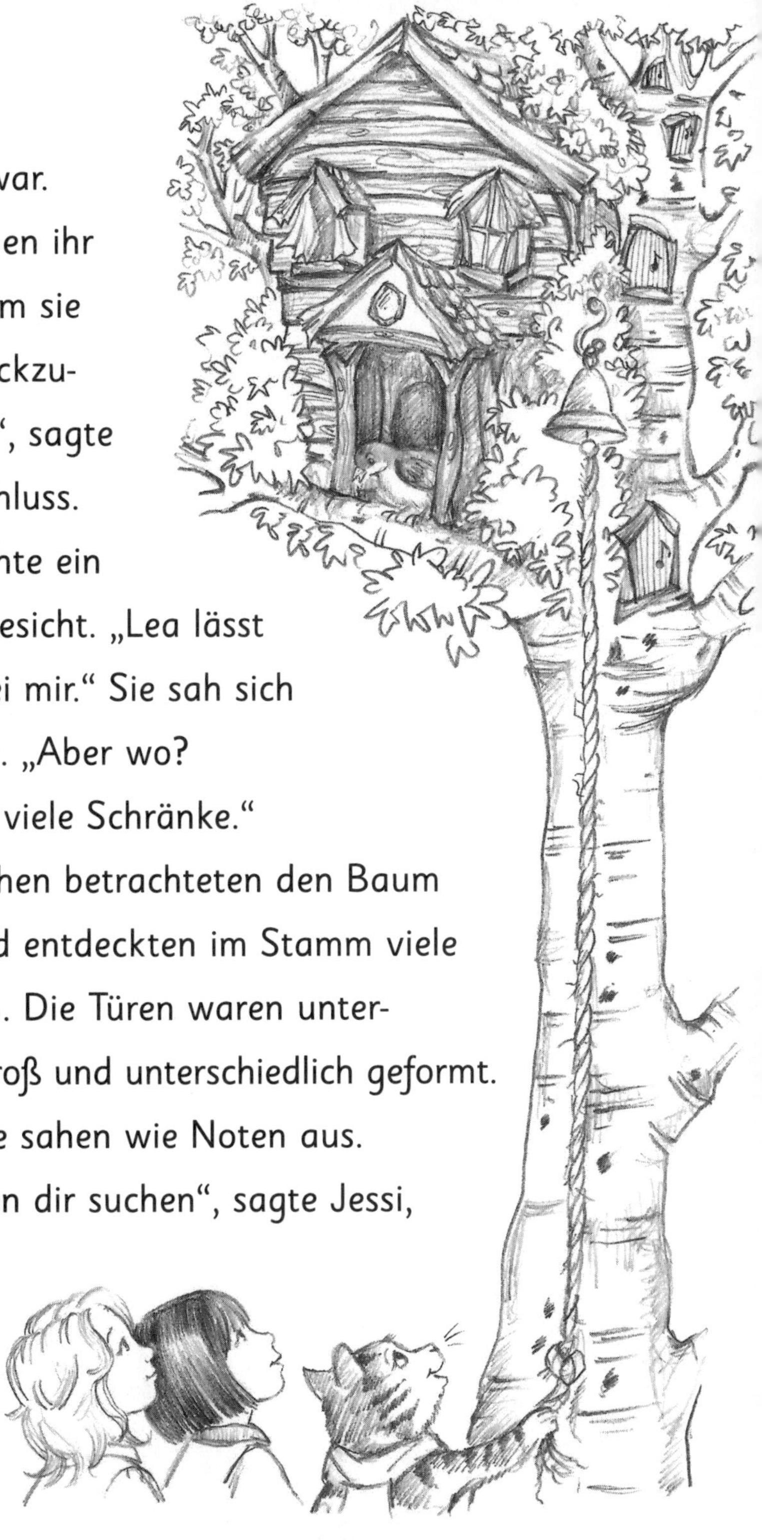

geschehen war.
„Wir brauchen ihr Tamburin, um sie wieder zurückzuverwandeln“, sagte Jessi am Schluss.

Nala machte ein besorgtes Gesicht. „Lea lässt es immer bei mir.“ Sie sah sich suchend um. „Aber wo? Ich habe so viele Schränke.“

Die Mädchen betrachteten den Baum genauer und entdeckten im Stamm viele kleine Türen. Die Türen waren unterschiedlich groß und unterschiedlich geformt. Die Türgriffe sahen wie Noten aus.

„Wir helfen dir suchen“, sagte Jessi,

kletterte auf einen niedrigen Ast und half Lili hoch.

Goldi und Nala halfen ebenfalls. Nacheinander öffneten sie alle Schränke. In jedem war ein Musikinstrument verstaut. Sie fanden kleine Trompeten, Banjos, Becken und einen Ring aus kleinen Trommeln mit zehn Trommelstöcken.

„Das ist eine Viel-Trommel“, erklärte Nala. „Die Familie Mauseohr spielt gerne darauf.“

Schließlich entdeckte Jessi hinter einer hohen schmalen Tür ein Tamburin. „Hier!“, rief sie.

„Das gehört Lea“, bestätigte Nala und setzte sich auf Lilis Schulter.

„Hurra!“, freute sich Jessi. Sie nahm das Tamburin. „Bäh, pfui! Noch mehr Schleim!“

Nala lachte. „Das ist kein Schleim“, sagte sie. „Das ist Honig. Lea hat gestern vor dem Unterricht sehr viel davon genascht. Ihr Fell war ganz verklebt, als sie hergekommen ist.“

Lili grinste Jessi an. „Dann ist diese Woche wohl Honig ihr Lieblingsessen. Bekommen wir den vom Schatzbaum?“

Nala schüttelte lächelnd den Kopf. „Nein, ihr müsst zum Honigbaum in der Nähe der Sonnenscheinwiese“, erklärte sie.

Die Freundinnen kletterten vom Baum, bedankten sich bei Nala und liefen los.

„Viel Glück!“, trillerte die Nachtigall ihnen nach.

Am Wegesrand wuchs hohes, weiches Gras, das sie an den Knöcheln kitzelte und sie zum Lachen brachte. Dann kamen sie zur rot, orange und gelb getupften Sonnenscheinwiese. Gleich dahinter stand der Honigbaum.
Ein Bienenstock saß auf den unteren Zweigen. Blumige Gardinen flatterten an den Fenstern und vor der Tür lag eine Fußmatte.

Die Luft war vom emsigen Summen der Bienen erfüllt, die ständig hinaus- oder hineinflogen.

„Das ist aber hübsch“, sagte Lili. Sie rannte zum Honigbaum. Doch da glitt ihr Fuß auf etwas Feuchtem aus und sie geriet ins Taumeln. Jessi wollte sie auffangen, aber sie rutschte selbst aus.

„Ahh!“, schrie Jessi, als sie beide hinfielen.

Lili setzte sich auf und betrachtete Hände und Knie. „Igitt!“, sagte sie. „Schleim!“

Goldi zog die Mädchen wieder auf die Füße. Alle drei erstarrten, als sie ein blökendes Lachen hörten. „Haa, haa!“

Hopser und Lea standen in der Nähe und lachten die Mädchen aus.

Jessi stöhnte. „Seht euch Leas Fell an. Sie sieht schon genauso schmuddelig aus wie Hopser.“

Das Lämmchen lachte wieder. „Schmutz macht Spaß!“

„Den allergrößten Spaß!“, sagte Hopser. „Wir machen den Wald schön schleimig!“

Sie hopste mit Lea im Schlepptau zurück in den Wald.

Goldi sah die Mädchen sehr besorgt an.

„Wenn sie so weitermachen, kann niemand mehr durch den Wald laufen. Durch den Schleim wird es auf den Wegen viel zu rutschig.“

Lili nickte. „Wir müssen unbedingt den Zauberspruch aufheben.“

„Dazu brauchen wir Leas Lieblingsessen, und zwar schnell!“, sagte Jessi. „Nur, wie kommen wir an den Honig?“

Der Honigbaum war vollständig von Schleim umgeben.

Königin Honigsüß

Die drei Freundinnen starrten die eklige Schleimpampe an, die den Honigbaum wie ein Graben umringte.

„Wie sollen wir denn da hinüberkommen?“, fragte Goldi. „Zum Springen ist es zu weit.“

Jessi sah sich verzweifelt nach etwas um, das ihnen helfen konnte, und entdeckte einen langen dicken Ast, der auf der Wiese lag. „Da!“, rief sie. „Den können wir als Brücke benutzen.“

Lili und Goldi hoben das eine Ende des Asts hoch und Jessi das andere. Zusammen trugen sie ihn zum Rand des Schleimgrabens und richteten ihn dort auf.

„Fertig?“, fragte Jessi. „Eins … zwei … drei … fallen lassen!“

Sie ließen den Ast über die Pfütze fallen.

Plupp!

„Ich kann gut balancieren“, meinte Goldi. „Ich gehe als Erste und prüfe, ob der Ast stark genug ist. Ihr wollt doch schließlich nicht noch einmal in den ekligen Schleim fallen.“

Sie lief leichtfüßig über den Ast. „Er ist ganz stabil!“, rief sie den Mädchen von der anderen Seite zu.

Lili kam als Nächste, dann Jessi. Schließlich standen sie alle drei auf einem trockenen Stück Gras, dicht neben dem Honigbaum.

„Hallo!“, rief Goldi zum Bienenstock hoch.

Die flauschigste goldbraune Biene, die sie je gesehen hatten, kam zu ihnen heruntergeflogen und landete auf Goldis Pfote. Sie trug eine winzige goldene Krone und ihre Stimme klang wie butterweiches Summen.

„Ich bin Königin Honigsüß“, stellte sie sich vor.

Lili erklärte ihr, dass sie dringend Honig benötigten. „Wir brauchen ihn, um Lea Lämmchen zu retten, Eure Majestät–“

„Bzzz“, unterbrach Königin Honigsüß sie.

„Natürlich bekommt ihr Honig. Welche Sorte mag Lea denn am liebsten? Wir haben Lavendelhonig, Blaubeerhonig, Orangenblütenhonig und viele andere Sorten. Seht ihr?“ Sie deutete auf mehrere kleine Bienenstöcke, die im Baum saßen.

Jessi seufzte. „Das klingt alles köstlich“, sagte sie. „Aber wir wissen leider nicht, welche Sorte Lea am liebsten mag.“

Goldi ließ unglücklich die Schnurrhaare hängen. Aber dann stieß Lili einen Schrei aus.

„Doch, wissen wir!“, sagte sie und hielt das Tamburin hoch. „Leas Lieblingshonig klebt am Tamburin!“

Königin Honigsüß flog zu dem Musikinstrument und kostete vom klebrigen Honig. „Ah, das ist

Kleehonig“, sagte sie. „Von dem haben wir besonders viel.“

Sie flog in den Bienenstock und einen Augenblick später kam sie mit einer Gruppe freundlich summender Bienen wieder heraus, die einen kleinen Holzeimer mit Honig trugen.

„Vielen Dank“, sagte Jessi und nahm ihnen das Eimerchen vorsichtig ab.

„Es ist uns ein Vergnügen“, sagte Königin Honigsüß. „Lea ist ein sehr freundliches kleines Lamm, wir freuen uns schon darauf, sie auf dem Konzert spielen zu hören.“

„Ihr kommt auch?“, fragte Lili.

„Ich bin die Dirigentin der königlichen Bienenband“, sagte Königin Honigsüß stolz.

„Wir nennen uns *Die Honigbrötchen*. Und wir spielen nachher unseren Honig-Hit."

„Wir freuen uns schon darauf", sagte Lili. Sie dachte kurz nach. „Königin Honigsüß, wisst ihr vielleicht etwas über Leas größtes Geheimnis?"

„Nein", antwortete die Biene. „Aber Fredi Summ ist gut mit ihr befreundet. Heute Morgen hat er sich sehr komisch benommen. Er wollte zur Harmoniebühne, aber niemandem verraten, was er dort vorhat. Wir anderen Bienen haben den ganzen

Vormittag darüber nachgegrübelt – es bleibt ein Rätsel. Vielleicht hat es ja etwas mit Leas Geheimnis zu tun?“

„Vielleicht“, meinte Jessi. „Wir gehen ihn suchen. Vielen Dank, Eure Majestät.“

Die Freundinnen balancierten über den Ast zurück und liefen in den Wald. „Wo ist die Harmoniebühne, Goldi?“, fragte Lili.

„Dort entlang!“ Goldi führte sie durch den Wald bis zu einem Vorhang aus glänzendem Efeu. Dahinter ertönte Gesang. „Willkommen auf der Harmoniebühne“, sagte sie und schob den Vorhang zur Seite.

„Oh!“, staunten Lili und Jessi.

Sie betraten ein wunderschönes Freilichttheater. Die gerundete Bühne war von Steinbänken umgeben, die aus schimmerndem rosa Felsgestein gemeißelt waren und im Sonnenschein funkelten.

Auf der Bühne probte gerade ein Chor. Auf Notenständern aus Holz lagen die Notenblätter.

„Einige unserer Freunde sind bereits hier“, flüsterte Jessi erfreut.

Mila Schnuppernase, das Maulwurfmädchen, Pia Puschel, das Eichhörnchen, und Penelope Piks, das Igelmädchen, waren die Sängerinnen. Mit ihnen sang noch eine Biene.

„Das muss Fredi Summ sein“, sagte Jessi leise. „Das ist also die Lösung des Rätsels ... ein Chor!“

Magie auf der Harmoniebühne

„Entschuldigt bitte", sagte Lili zu den kleinen Chorsängern.

Fredi Summ drehte sich vor Schreck einmal um sich selbst. „Oh nein!", rief er. „Sie haben uns entdeckt! Jetzt ist die Überraschung futsch!"

Mila, Pia und Penelope wandten sich um,

machten große Augen und legten erschrocken die Hände auf den Mund. Schließlich lächelten sie erleichtert.

„Schon gut, Fredi", sagte Pia. „Lili, Jessi und Goldi sind unsere Freundinnen. Sie behalten unser Geheimnis bestimmt für sich."

Sie kam mit Mila und Penelope an den Bühnenrand, um die Mädchen zu umarmen.

„Schön, euch zu sehen", sagte Mila, als Lili ihr einen Kuss auf den samtigen Kopf gab.

Vorsichtig nahm Jessi Pia auf den Arm.

„Das Lied soll eine Überraschung sein", erklärte das Eichhörnchen.

„Wir proben ein letztes Mal, bevor das Publikum kommt", fügte Mila hinzu.

Aufgeregt erzählten die Tiere von ihrem Lied, da bemerkte Lili, dass auf der Bühne fünf

Notenständer standen, aber nur vier Sänger da waren.

„Wer fehlt denn noch?“, fragte sie.

Mila scharrte mit ihren Füßen auf dem Boden hin und her und Pia zupfte auf einmal emsig an ihrem puscheligen Schwanz herum.

„Lea Lämmchen, stimmt’s?“, fragte Jessi. „Sie gehört auch zum Chor! Das ist ihr Geheimnis!“

Pia, Mila und Penelope sahen sich unsicher an.

„Wir verstehen ja, dass ihr Leas Geheimnis

nicht verraten wollt“, sagte Goldi freundlich. „Aber wir müssen es wirklich wissen.“ Sie erzählte ihnen von Hopser und dem Zauberspruch. „Lea braucht unsere Hilfe“, sagte sie am Schluss.

Pia und Mila waren entsetzt und Penelopes Stacheln standen vor Grausen kerzengerade von ihrem Rücken ab.

„Arme Lea“, sagte Fredi mit hängenden Flügeln.

„Mit dem Gegenzauber, den wir kennen, können wir Lea retten. Das ist der einzige Weg“, erklärte Lili. „Aber dafür müssen wir Leas größtes Geheimnis erfahren.“

„Wir erzählen es euch“, sagte Mila. „Ihr habt recht, das Singen ist Leas Geheimnis. Ihre Familie denkt, dass sie nur Tamburin spielt. Ihre Eltern und ihr Bruder wissen nicht, dass sie auch sehr gerne singt.“

„Sie werden total überrascht sein“, fügte Mila hinzu.

„Das Lied ist für Lea etwas ganz Besonderes“, sagte Penelope. „Sie hat es selbst geschrieben und außerdem ist die Harmoniebühne ihr Lieblingsort.“

Die Mädchen sahen sich begeistert an. Jessi gab Penelope einen Kuss auf die Nase. „Danke!“, sagte sie. „Jetzt wissen wir, dass Leas Geheimnis das Singen ist und ihr Lieblingsort genau hier ist. Wir haben alles gefunden, was wir brauchen, um den Zauberspruch zu brechen.“

Da flog Fredi plötzlich aufgeregt hoch. „Es kommt jemand!“, rief er.

Der Vorhang aus Efeu wurde beiseitegeschoben und Hopser und Lea betraten das Theater.

Das Lamm trug einen Eimer um den Hals. Auch die anderen Tiere aus dem Hexental waren gekommen.

„Los, schmieren wir alles voller Schleim!“, rief Hopser.

Lea kicherte und schüttete aus ihrem Eimer Schleim auf den Boden.

Wusel und Schnips verteilten grünes klebriges Zeug auf den rosa Steinbänken.

Die Mädchen und ihre Freunde starrten das schmutzige Chaos entsetzt an.

Fredi ließ sich auf Lilis dunklen Haaren nieder. „Was ist denn mit Lea los?“, summte er.

„Jessi, wir müssen unseren Zauberspruch jetzt sofort anwenden“, sagte Lili. „Wir müssen Lea und das Theater retten, sonst gibt es heute kein Konzert.“

Sie liefen um die ekligen Schleimpfützen herum und trugen das Tamburin, den Kleehonig und das Notenblatt mit Leas Lied auf die Bühne.

„Hier haben wir alles, um sie wieder in ihr normales Ich zurückzuverwandeln“, sagte Jessi.

Das Lämmchen half Hopser gerade, auch auf der Bühne Schleim zu verteilen. Pieps, Wusel und Schnips glucksten vor Freude.

„Ihr wisst den Spruch noch, oder?“, fragte Lili und fing an. „Benennt nun jemand die Dinge laut, wirst du wieder du sein.“

„Leas Lieblingsbeschäftigung ist … Tamburin spielen“, sagte Jessi.

„Leas Lieblingsessen ist … Kleehonig“, ergänzte Lili.

„Leas größtes Geheimnis ist … ihr Überraschungslied“, fügte Goldi hinzu.

„Leas Lieblingsort ist die Harmoniebühne“, sagten alle drei gleichzeitig.

Violette Funken stoben um das Lamm. Auf einmal ließ es den Eimer fallen und blickte sich verwundert um. „Was ist passiert?“, fragte Lea und schüttelte sich. Ihr Fell war nicht mehr schleimverkrustet, sondern flauschig weich und schneeweiß wie zuvor.

„Wir haben es geschafft!“, jubelte Lili.

„Hurra!“, riefen die Tiere.

„Ich fühle mich ganz komisch“, sagte Lea. „Ich will zu meiner Mama.“

Die Mädchen umarmten sie tröstend.

„Du wurdest verhext“, erklärte Jessi und gab dem Lämmchen einen Kuss. „Aber jetzt ist alles wieder gut.“

Hinter ihnen erklang ein trauriges Quaken und sie drehten sich um. Hopser ließ den Kopf hängen. Pieps’ Flügel hingen ebenfalls schlapp herunter, Schnips’ Federn auch und sogar die Feder auf Wusels Hut ließ die Spitze hängen.

„Ich glaube, der Spaß ist vorbei“, sagte Pieps. „Ich habe wirklich gerne mit Henni Hamster Quatsch gemacht, während sie verzaubert war.“

„Und ich vermisse Winnie Welpe“, wimmerte Wusel.

Hopser sah Lea traurig an. „Ich werde Lea

auch vermissen“, sagte sie. „Aber ich weiß, was uns aufmuntern wird. Lasst uns nach Hause ins Hexental gehen, dort ist es so schön schmutzig!“

Schnips krächzte froh und sprang in eine Schleimpfütze. Wusel und Pieps wurden vollgespritzt und kreischten vor Freude auf.

Lili musste lächeln. Zusammen mit Jessi und Goldi sah sie den spielenden Schmuddeltieren zu. „Sie sind nicht wirklich böse, oder?“, sagte sie. „Sie mögen nur einfach Schmutz und Unordnung. Kein Wunder, dass Griselda dachte, sie würden den Wald verschmutzen.“

Jessi nickte. „Wir sollten der Hexe mal eine ordentliche Lehre erteilen“, sagte sie. „Und ich habe auch schon eine Idee, wie wir das anstellen.“

Das bunte Turm-Schmücken

Die Mädchen, Goldi und die Tiere aus dem Hexental beobachteten aus einem Gebüsch, wie Griseldas gelbgrüner Lichtkreis sich von ihrem Turm entfernte.

„Puh, sie ist endlich weg“, sagte Goldi und alle krabbelten aus ihrem Versteck.

Jessi blickte an dem düsteren Turm hinauf.

„Wir brauchen dringend eure Hilfe, um richtig großes Chaos zu veranstalten“, sagte sie zu den Schmuddeltieren, die gemeinsam mit ihnen zu Griseldas Turm gekommen waren.

„Dabei helfen wir euch nur zu gerne“, sagte Wusel sofort.

„Und ich hole noch mehr Helfer“, sagte Goldi und lief zurück in den Wald.

Jessi erklärte den schmuddeligen Tieren ihren Plan. „Wir wollen Griseldas düsteren grauen Turm in ein buntes Durcheinander aus Farben verwandeln!“

Die Tiere quiekten, krächzten und quakten vor Begeisterung.

Lili lachte. „Alle suchen Blumen. Wir wollen den ganzen Turm mit hübschen Blüten verschönern!“

„Verschönern?“ Hopser verzog das Gesicht.

„Ich meine natürlich: verunstalten“, verbesserte Lili sich grinsend.

Die Tiere nickten erleichtert.

Sie hatten bereits einen großen Haufen Blütenblätter rings um den Turm gestapelt, als Goldi mit Henni Hamster und Winnie Welpe zurückkam. „Die Schmetterlinge kommen auch noch“, sagte sie.

Pieps umarmte Henni mit seinen Flügeln. Wusel quiekte erfreut, als sie Winnie sah. Lea, Henni und Winnie flochten Blumengirlanden. Mit den fertigen Girlanden flogen Pieps und Schnips zu den Fenstern und hängten sie dort auf.

Und Hopser klebte mit ihrer Zunge Blüten auf die schmutzigen Fensterscheiben.

Goldi schaffte ein paar alte Kessel heran und die Mädchen füllten sie bis zum Rand mit Blumen.

In ein Stück Rinde pickte Schnips die Worte *Heim, schönes Heim* und hängte es über der unheimlichen Holztür auf.

Da kam ein Schwarm Schmetterlinge herangeflogen und bildete über dem Dach einen wunderschönen schimmernden Regenbogen.

Alle traten einen Schritt zurück und bewunderten den bunten Turm.

„Es sieht fantastisch aus“, freute Jessi sich. „Was für eine hübsche Unordnung!“

Goldi stieß sie nervös an. „Da!“

Ein gelbgrüner Lichtkreis flog auf sie zu.

„Griselda!“, schrie Lea. Sie versteckte sich schnell hinter den Mädchen.

Der Lichtkreis explodierte und Griselda stand vor ihnen. Entsetzt starrte sie die Blütenhaufen an, die sich um ihr Zuhause türmten. Vor Wut wurde ihr Gesicht knallrot.

„Mein Turm!“, kreischte sie. „Er ist total verschandelt!“

„Da siehst du mal, wie es ist, wenn andere das eigene Zuhause verändern“, sagte Jessi zu ihr.

„Ihr wart das!“, schrie die Hexe. „Ihr lästigen, schrecklichen Mädchen!“

Sie starrte die Schmuddeltiere böse an.

„Warum habt ihr den Wald nicht so verdreckt, wie ich es euch aufgetragen habe? Ihr seid so nutzlos wie ein kaputter Kessel!“

Sie stampfte zornig mit dem Fuß auf und streckte die Hände nach den Tieren aus.

„Oh nein!“, keuchte Lili. „Wir müssen sie ablenken.“

„Aber wie?“, fragte Jessi.

„Lea“, flüsterte Lili. „Sing!“

Zuerst zitterte die Stimme des Lämmchens ein wenig, aber dann wurde ihr Gesang kräftiger. Das Lied war wunderschön.

„Alle gemeinsam,
Freunde für immer.
Wir helfen und teilen,
Sind freundlich und lieb ...“

„Singt alle mit!“, rief Lea und alle fielen in den Refrain ein – außer Griselda.

„Für immer zusammen,
Zusammen für immer …“

Griselda hielt sich die Ohren zu. „Hört mit diesem schrecklichen Krach auf!“, kreischte sie und funkelte die Schmuddeltiere böse an. „Von mir bekommt ihr keinen Zauberspruch mehr. Nie mehr!“

Die Hexe stürmte in ihren Turm. Als sie die

Tür hinter sich zuknallte, fiel das neue Holzschild krachend herunter.

„Hurra!“, jubelten alle.

„Das hat Spaß gemacht!“, krächzte Schnips.

„Griselda wird euch ganz sicher nicht mehr bitten, ihre gemeinen Zaubersprüche zu benutzen“, sagte Goldi zufrieden.

Lea und die anderen Tiere wollten nun schnell zurück zur Harmoniebühne und sich für das Konzert bereit machen. Goldi wandte sich an die Mädchen. „Begleiten wir doch die Tiere aus dem Hexental nach Hause“, schlug sie vor.

Jessi nahm Schnips und Pieps am Flügel und Goldi hielt Wusels Pfote. Hopser wischte sich an einer Blume den Schleim von den Krötenfingern und reichte Lili die Hand.

Am Wasser entlang liefen sie zum Hexental. Dort sah es schrecklich aus: Kaputte Kisten, Essensreste, Fetzen und aller möglicher Müll lagen herum.

Die Mädchen machten große Augen.

„Das ist die schlimmste Unordnung, die ich je gesehen habe“, sagte Lili.

„Gut, oder?“, fragte Schnips stolz.

„Tut uns leid, dass wir Ärger gemacht haben“, sagte Wusel.

„Als wir Griselda versprochen haben, dass wir ihr helfen, wussten wir nicht, wie gemein sie ist“, erklärte Pieps.

„Genau“, stimmte Hopser zu. „Uns haben die Waldtiere leidgetan, weil es bei ihnen so fürchterlich sauber und ordentlich ist. Wir dachten, ihnen gefällt ein bisschen Chaos.“

Lili lächelte. „Jetzt ist ja alles wieder gut“, sagte sie. „Wir müssen los, aber wir kommen wieder und besuchen euch.“

Die Tiere umarmten die Mädchen und Goldi, dann kletterten sie über den Müll hinweg in ihr Tal.

„Beeilen wir uns besser“, sagte Lili, als sie zum Abschied winkte.

„Ja“, sagte Jessi grinsend. „Wir müssen schnell zu einem aufregenden Ort zurück.“

„Wir müssen sofort zur Harmoniebühne“, sagte Goldi. „Das Konzert beginnt ganz bald.“

Heimliche Sänger

„Wow!“, staunte Lili. „Das Theater ist randvoll.“

Königin Honigsüß kam zu ihnen geflogen. „Ich habe euch ein paar Plätze reserviert“, sagte sie und führte Goldi, die Mädchen und die Schafsfamilie in die erste Reihe. Jessi und Lili setzten sich ins Gras, damit Familie Mauseohr hinter ihnen noch etwas sehen konnte.

Herr und Frau Hoppel verteilten Blaubeer-Honig-Eis. Und Lars Lämmchen reichte den Tieren im Gras weiche Decken. Den Mädchen gab er eine besonders flauschige blaue.

„Die ist so kuschelig“, sagte Jessi begeistert. „Danke!“

„Wir müssen *euch* danken“, sagte Frau Lämmchen zu Goldi und den Mädchen. „Ihr habt unsere kleine Lea gerettet.“

„Wir freuen uns schon sehr auf Lea und ihr Tamburin“, fügte Herr Lämmchen hinzu.

„Sch!“, machte Frau Lämmchen und war ganz aufgeregt. „Das Konzert beginnt.“

„Sie werden so überrascht sein“, wisperte Lili Jessi verschwörerisch zu.

Jessi nickte. Sie musste lachen, als Mia Mauseohr und ihre Schwester für einen besseren Blick auf ihre Schultern hüpften.

Das Konzert begann mit einem Auftritt der Familie Platsch, die musikalische Kunststücke vorführte. Es gab besonderen Applaus, als Herr Platsch auf dem Kopf stehend die Trommel mit seinen Froschfüßen schlug.

Danach war Nala Nachtlied dran. Als sie mit ihrem Lied fertig war, schnarchte Gustav Kuschelgold laut auf. Nala hatte ihn in den Schlaf gesungen.

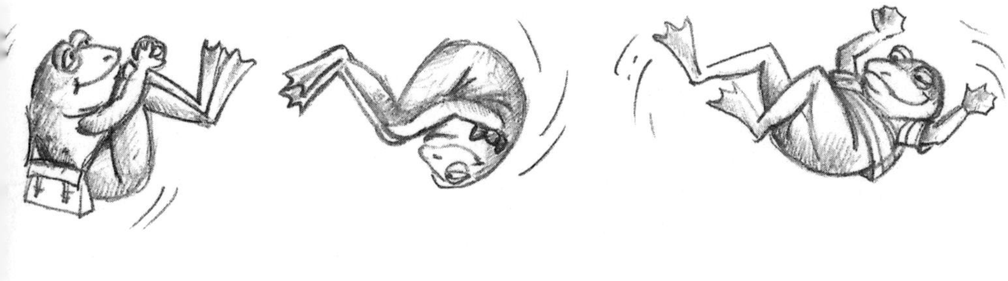

Die Spechtfamilie führte einen tollen Stepptanz auf. Frau Tik-Tok und die anderen trugen dazu winzige Holzschuhe. Dann war die Bienenband an der Reihe.

Königin Honigsüß surrte, gefolgt vom Rest der Band, auf die Bühne. Ihr Honig-Hit begann mit einem lauten Trommelwirbel. Sofort war das ganze Publikum auf den Beinen. Alle klatschten zum lebhaften Rhythmus. Am Ende verbeugten sich die Bienen hoch in der Luft.

„Wo ist Lea?“, fragte Lili flüsternd, als Herr Silberstreif, der Dachs, die Bühne betrat.

„Und nun einen herzlichen

Applaus für unsere *Heimlichen Sänger*“, sagte er. „Sie haben ein Lied eigens für dieses Konzert komponiert. Es heißt *Freunde für immer*!“

Lea, Pia, Penelope, Mila und Fredi kamen auf die Bühne.

Jessi sah zur Familie Lämmchen, die alle vor Staunen große Augen machten.

Die Gruppe begann zu singen und Leas süße Stimme hallte durch das Theater.

„Alle gemeinsam,
Freunde für immer …“

Die Augen von Frau Lämmchen füllten sich mit Tränen. „Ich wusste nicht, dass sie so schön singen kann“, sagte sie. Lea nahm ihr Tamburin und klimperte eine hübsche Melodie. Fredi summte dazu und Pia, Mila und Penelope tanzten.

Als sie fertig waren, gab es tosenden Applaus.

„Was für eine wunderbare Überraschung“, sagte Herr Lämmchen.

Zum Abschluss des Konzerts sangen alle Mitwirkenden noch einmal Leas Lied.

„Alle gemeinsam,
Freunde für immer …“

Am Ende sprang Lea von der Bühne und warf sich in die Arme ihrer Eltern. Sie umarmten sich innig, dann überreichte Frau Lämmchen Lea ein Päckchen und flüsterte ihr etwas ins Ohr.

Das Lämmchen öffnete das Paket und holte zwei schimmernde pinkfarbene Schals heraus. Sie gab sie Jessi und Lili.

„Diese zwei sind ein Dankeschön-Geschenk, weil ihr mir und dem Wald der Freundschaft geholfen habt“, erklärte Lea. „Wir haben sie auf unserem magischen Webstuhl gewebt.

Mit ihnen wird euch nie zu warm oder zu kalt. Die Schals aus der Wollscheune sind immer genau richtig!“

„Vielen Dank“, sagte Lili.

„Der Stoff ist so weich“, freute Jessi sich.

Goldi bewunderte die Schals. „Sie sind perfekt.“

„Vielen Dank an alle“, sagte Jessi. „Das Konzert war wundervoll, aber jetzt müssen wir nach Hause.“

Sie küssten Lea zum Abschied und gingen mit Goldi zurück zum Baum der Freundschaft.

„Danke, dass ihr den Wald der Freundschaft wieder einmal gerettet habt“, sagte Goldi. „Was würden wir nur ohne euch tun!“

„Hoffentlich war das heute Griselda eine Lehre“, meinte Lili.

„Hm“, machte Goldi. „So, wie ich sie kenne, überlegt sie sich bald einen neuen Plan, wie sie den Wald für sich alleine haben kann.“

„Falls sie das tut, sind wir da, um euch zu helfen“, versprach Jessi, gerade als sie an dem Baum ankamen.

„Das weiß ich“, sagte Goldi. Sie drückte die Tatze sanft gegen den Baumstamm und die Tür erschien.

Sie umarmte die Mädchen. „Auf Wiedersehen!“

„Ich hoffe, wir sehen uns ganz bald“, sagte Lili, während sie in den Baum trat.

„Das werden wir, versprochen!“, rief Goldi in das schimmernde goldene Licht hinein. „Der Wald der Freundschaft braucht euch!“

Der Schimmer verschwand und die

Freundinnen standen wieder auf der großen Wiese. Die neuen Schals wärmten sie in der kühlen Herbstluft sehr angenehm.

„Was für ein Abenteuer", sagte Jessi auf dem Weg zurück zur Tierklinik.

„Da ist das Fohlen, es trägt immer noch seine Decke", sagte Lili. „Es kommt mir vor, als wären wir Jahre weg gewesen."

Sie lachten. Denn während sie im Wald der Freundschaft waren, blieb bei ihnen zu Hause einfach die Zeit stehen.

Das Fohlen kam an den Zaun. Lili streichelte ihm über die Nase. Neugierig knabberte es an ihrem neuen Schal.

„He!", sagte Jessi. „Den brauchst du nicht, du hast doch deine Decke!"

Lili gluckste. „Zum Glück wissen unsere Eltern,

dass wir stricken können. Sonst müssten wir erklären, woher wir die Schals haben. Sie werden denken, dass wir sie selbst gemacht haben.“

Jessi strich über ihren Schal. „Er ist eine schöne Erinnerung an unsere Freunde.“

Die Freundinnen lächelten sich an. Sie konnten es kaum erwarten, wieder in den Wald der Freundschaft zurückzukehren.

Tierinfos von Lili und Jessi

Lili und Jessi helfen kleinen und großen Tieren für ihr Leben gern – im Wald der Freundschaft und in der echten Welt.

Hier sind einige wichtige Fakten über …

SCHAFE

wie Lea Lämmchen

Schafe haben ein sehr gutes Gedächtnis. Sie können auch nach vielen Jahren bis zu 50 verschiedene Schafe und Menschen wiedererkennen.

Weibliche Schafe nennt man Mutterschafe. Babyschafe werden Lämmer genannt. Das Geräusch, das sie machen, nennt man blöken.

Es gibt ungefähr 900 unterschiedliche Schafrassen.

In Neuseeland kommen auf jeden Mensch zwölf Schafe.

Das Schafsfell wird Wolle genannt. Seit über 3500 Jahren wird es zu Garn gesponnen.

Daisy Meadows

Die magischen Tierfreunde

Pia Puschel und der geheime Zauber

Leseprobe

Das goldene Licht umhüllte Lili und Jessi. Es kribbelte am ganzen Körper, während sie langsam ein Stückchen schrumpften. Dann verschwand das Licht und sie standen mitten im sonnigen Wald der Freundschaft. Eine warme Brise wehte über die Tupfenwiese und verbreitete den Duft von Limonade und Schokolade, nach denen die Blumen rochen, die überall blühten. Es war so anders als der Regentag zu Hause. Sie befanden sich ganz eindeutig in einer magischen Welt!

„Willkommen zurück!“, sagte eine sanfte Stimme.

Sie drehten sich zu Goldi um, die überhaupt nicht mehr wie eine normale Katze aussah. Sie stand auf den Hinterbeinen und trug einen glitzernden goldfarbenen Schal um den Hals. Sie lächelte und die Mädchen umarmten sie freudig.

„Es ist so schön, wieder hier zu sein“, sagte Jessi.

„Und wieder mit dir zu sprechen“, fügte Lili hinzu.

„Aber warum hast du uns denn heute hergebracht?“, fragte Jessi.

Goldi zuckte nervös mit ihrem Schwanz. „Ich habe den Verdacht, dass etwas Merkwürdiges vor sich geht“, antwortete sie.

„Kommt mit und seht euch an, was auf der Sonnenscheinwiese los ist."

„Warte, Jessi", sagte Lili und zog ihre Freundin am Ärmel. „Es ist so schön warm hier, da brauchen wir keine Jacken mehr."

Sie zogen ihre Regenjacken aus und stopften sie in eine Vertiefung am Fuße des Magischen Baums. Dann folgten sie Goldi in den Wald der Freundschaft.

Auf ihrem Weg kamen sie an vielen hübschen kleinen Häuschen vorbei, die zwischen Baumwurzeln und auf breiten Ästen standen. Es war ein richtiges kleines Dorf, in dem viele wunderbare Tiere wohnten.

Ein köstlicher Geruch nach frisch Gebackenem wehte aus dem Fenster eines Häuschens, das sich auf dem Baum über ihnen befand.

Die Tür wurde geöffnet und eine Maus mit einer Schürze kam heraus. „Hallo, Jessi, hallo, Lili!“, rief sie.

„Hallo, Frau Mauseohr!“, riefen die Freundinnen zu ihr hoch.

Lili sah Jessi lächelnd an. „Ich kann es noch immer kaum glauben, dass wir mit den Tieren sprechen können.“

Sie eilten weiter zur Tupfenwiese. Agatha Glitzerflügel, die Elster, unterhielt sich mit Herrn Silberstreif, dem Dachs. Einige Tierkinder wuselten mit einem Springseil aus geflochtenen Blumen an ihnen vorbei. Vor dem Café Fliegenpilz saß Familie Piks und schlürfte süße Schorle. Alle winkten Lili und Jessi.

Gustav und Wilma Kuschelgold rannten mit einem großen Korb in den Pfoten auf sie zu.

Das flauschig weiche Fell von Wilma war gelbblond, aber Gustav hatte braune Flecken auf dem Rücken und auch braune Sprenkel um ein Auge herum. Sie hatten unterschiedlich gemusterte Tücher um den Hals geschlungen.

Jessi und Lili umarmten die beiden frechen Hundekinder.

„Was habt ihr da in eurem Korb?“, fragte Jessi.

„Die Blütenblätter von Mondfruchtblumen“, antwortete Gustav mit wedelndem Schwanz. „Frau Hoppel macht daraus Blumenbrötchen für das Café.“

Lili roch an den hellgelben Blütenblättern. „Mmh“, sagte sie. „Sie duften nach Honig und Eis!“

Die Hundekinder rannten zu dem rot gestrichenen Café mit dem weiß getupften Dach. Hasi Hoppel kam heraus, um sie zu begrüßen.

„Hallo, Jessi, hallo, Lili!“, rief das Hasenmädchen, bevor es mit den Hundekindern wieder im Café verschwand.

Jessi und Lili winkten Hasi Hoppel zu, aber sie hatten keine Zeit, ihnen ins Haus zu folgen. Goldi eilte voran und ihr Schwanz zuckte unaufhörlich nervös hin und her.

„Arme Goldi, sie scheint sehr besorgt zu sein“, wisperte Jessi Lili zu, während sie ihrer Freundin schnell folgten. „Etwas Schlimmes muss passiert sein.“

Als sie endlich an der Sonnenscheinwiese ankamen, schnappten beide Mädchen entsetzt nach Luft.

Band 9
ISBN 978-3-7432-0359-4

Familie Hamster hat im Wald der Freundschaft eine Bäckerei eröffnet. Die kleine Henni Hamster ist ganz begeistert vom Tortenverzieren und Jessi und Lili lieben die süßen magischen Törtchen. Doch dann taucht die Hexe Griselda mit ihren fiesen Helfern auf und Pieps, die Fledermaus, verzaubert Henni Hamster.
Was sollen Lili und Jessi nur tun?

Loewe
Das will ich lesen!

Band 10
ISBN 978-3-7432-0360-0

Es ist Blütentag und alle Tiere haben sich versammelt,
um die versteckten Blütenbonbons zu finden.
Lili und Jessi machen sich gemeinsam mit Winnie Welpe auf die Suche.
Doch was ist das? Winnie benimmt sich plötzlich seltsam
und verschwindet mit Wusel, der Ratte, im Wald.
Ob Lili und Jessi das Hundemädchen finden
und sein glitzerndes Geheimnis lüften können?

Loewe
Das will ich lesen!

Band 1
978-3-7855-8785-0

Band 2
978-3-7855-8786-7

Band 3
978-3-7855-8787-4

Band 4
978-3-7855-8788-1

Band 5
978-3-7855-8789-8

Band 6
978-3-7855-8790-4

Band 7
978-3-7432-0150-7

Band 8
978-3-7432-0151-4

Sonnenscheinwiese
Honig-
baum
Café Fliegenpilz
Goldis Grotte
Herrn Federschlaus
Erfinderhütte
Tupfenwiese
Frau Tik-Toks
Bibliothek
Bücherei
Sonnenschirmbaum
Magischer Baum
Griseldas
Werkstatt
Schnellwasser
Funkel-
wasserfall
Schmetterlingslaube
Herzbäume
Hamsterbäckerei